Partir sans rien dire

Martine Fève

A tous les p'tits loups

REMERCIEMENTS

Je remercie Anne Bercot et Régis Fève pour tous leurs soutiens.

.

Gabrielle

Voilà, Maman, c'est fini. Pauline t'a envoyé une gerbe insensée de star américaine: «A ma Mère Adorée». Elle a toujours été excessive. Ces fleurs ont dû lui coûter une fortune. Au moins a-t-elle eu le bon goût de les commander toutes blanches.

On ne voyait qu'elles sur le cercueil.

J'ai reçu un télégramme long comme une lettre et je l'ai entendue pleurer cinq ou six fois, hier. Elle me dérangeait sans arrêt: « Je t'appelle entre deux prises – hoquetait-elle – je ne peux pas venir ! C'est impossible! Je suis trop loin !»

Je lui ai dit de ne pas tant pleurer, d'avoir pitié de la maquilleuse : elle devait s'arracher les cheveux !

A la fin de la journée, j'ai pensé qu'elle allait manquer sa réplique : «Comment va Maman?» m'aurait-elle demandé. Elle est tellement étourdie. Je t'ai regardée, à ce moment là, si pâle sur le satin blanc, tu as semblé sourire. Tu vois, elle aura réussi à nous faire rire toutes deux comme lorsqu'elle était petite et que nous sortions épuisées, et désespérées, de nos interminables discussions.

Mais, rassure-toi. Je l'ai consolée. Je lui ai dit que tu étais heureuse à présent d'avoir retrouvé qui nous savons, que tu savais combien elle t'aimait et que, bientôt, tu sècherais ses larmes dans des rêves apaisants. Ne me fais pas mentir, Maman. D'où tu es, occupe-toi d'elle plus que de moi.

Je savais donc qu'elle ne viendrait pas. Mais tu imagines la tête de tous ceux, ce matin, accourus pour la voir apparaître ! Son absence fut davantage remarquée que la tienne, toi si discrète et si méconnue. Personne n'a osé repartir cependant. D'ailleurs la messe était commencée quand ils ont compris.

Elle t'a amené plein de monde pour t'accompagner. C'est justice. Après tout, sans toi, serait-elle aussi célèbre?

J'ai demandé au peu de famille qui nous reste, aux amis, de me laisser seule avec toi au cimetière. Je t'ai récité une des chansons de Bylitis. Après les prières conventionnelles, je sais que celle-ci t'a fait plaisir. Un rite païen qui en eut choqué beaucoup. Mais c'était pour me faire pardonner. Un jour, je t'ai fait de la peine. J'en ai longtemps éprouvé de la honte. Il n'y avait pourtant pas de quoi éprouver du chagrin !

A propos, ce soir, j'ai commencé à ranger la maison.

J'ai trouvé ses lettres, bien rangées, à ta manière raffinée, dans une de ces jolies boîtes en carton que tu habillais de tissu. Les motifs de Laura Ashley sont un peu fanés, mais le nom du tissu me fait toujours rêver... Morning Parlour. Je ne sais pas ce que cela veut dire en anglais. J'imagine : Parloir du matin ? Matins chantants ? Causeries au réveil ? Qu'importe ? Cela m'évoque des dortoirs anciens plantés de lits blancs où des jeunes filles chuchotent à leur voisine les émois de la nuit passée.

Que faut-il faire de ces lettres, Maman ?

Je ne les délierai pas de leur nœud de velours. Je résiste à cette envie de lire vos tendres confidences. Tu me connais, je suis curieuse, indiscrète. Et je me demande honnêtement si ce n'est pas la superstition plutôt que le respect qui retient ma main. Mais pourquoi ne les as-tu pas brûlées toi-même avant de partir ? Les as-tu relues encore il y a quelques semaines ? Le soir où tu avais les yeux si rouges?

Je ne t'en veux pas de m'avoir laissé cette tentation, semblable à la nuit où vous aviez oublié de fermer votre porte à clef... Je regrette seulement de ne pas les avoir trouvées plus tôt. Je les aurais déposées à tes pieds comme ces petits chiens des gisants qui semblent apporter tant de douceur et rendre la mort paisible.

Je viens de refermer le couvercle de la boîte, ma main posée bien à plat sur elle, pour l'empêcher de s'ouvrir malgré moi.

Je dois te le dire, maintenant que cela n'a plus d'importance : Pauline et moi avons toujours su. Tu t'en doutais, n'est-ce pas, depuis ce jour où mon effronterie t'avais percé le cœur ?

Nous avions été tout de suite intriguées quand tu nous avais présenté ce nouveau membre de la famille : il semblait surgir d'un arbre généalogique spontané dont nous n'avions eu aucun pressentiment.

Son arrivée le samedi matin, les bras souvent chargés de paquets adorables flattaient nos coquetteries d'enfants. Tu te transformais. Pourtant, ta voix restait douce, tes gestes lents mais il y avait autre chose... que je ne savais pas expliquer. Un cierge allumé soudain à l'intérieur de ton être. Tes yeux souriaient sans parler, tes cheveux prenaient des reflets bleus. Pauline et moi savions rarement susciter ce rayonnement. J'étais un peu jalouse. L'autre nous apprenait des mets exotiques, des nourritures venues de Chine. Tu sortais la porcelaine. Nous faisions la vaisselle comme les demoiselles des magasins de luxe déposent le cristal dans des vitrines fermées à clef.

Le dimanche après-midi, quel que soit le temps, t'en souviens-tu, nous avions rendez-vous avec les étendues de sable. La mer ! Si proche ! disait notre hôte avec la candeur émerveillée des citadins. Ses narines s'écartaient, palpitaient, ailes d'oiseaux frissonnant aux vents des libertés.

«Tu as besoin de courir !»

Une main se tendait vers toi, voulait t'entraîner. Tu résistais en riant. Puis, tout en nous jetant des regards inquiets, tu te laissais aller. Vous partiez comme des mouettes folles, main dans la main. C'était un prétexte, bien sûr. Vos mains se joignaient sans nous effrayer. Vous aviez l'air de deux âmes innocentes.

«Viens !» disais-je à Pauline. Nous partions à votre suite, semblables à vos petites sœurs. Je ne pouvais rien entendre de vos paroles. Vos rires me heurtaient d'abord, puis je cédais à l'allégresse.

Pauline, vive et intelligente, avait une mémoire prodigieuse. Elle séduisait, récitait des poèmes lors des goûters qui suivaient ces courses au grand air. Je soufflais sur la fumée de mon chocolat chaud. Silencieuse comme un rival insolent, je la poussais vers les yeux de l'autre. Vous, au contraire, vous vous retiriez de table pour fumer ces cigarettes blondes que je vous enviais. Elles sont depuis longtemps indissociables d'autres cendres mais l'arôme est resté, Maman.

Le départ, prévu le dimanche soir vers dix-huit heures, ternissait ton regard mais tu n'essayais pas de retenir. La route était longue.

Vers minuit, sans doute, le téléphone sonnait. Tu devais avoir la main prête à saisir l'écouteur . Nous n'avons jamais été réveillées.

Je me suis longtemps demandé si vous vous retrouviez aussi en notre absence quand notre père nous emmenait. Une fois tous les quinze jours.

Au retour, je flairais la maison comme un petit chien, j'allais de pièces en pièces, essayant de détecter son passage. Tu semblais avoir fait le grand ménage, aéré toute la journée. Il n'y avait rien. Jamais. Aucun indice.

«Tu as l'air en forme» disait notre père. Il déposait un chèque pudiquement plié sur le coin de la table et s'en allait comme à regret.

Et puis... Un jour... J'ai surgi en bourrasque dans la cuisine. Une écharpe caressait le dos d'une chaise. Nos regards se sont croisés quand ta main, furtive, s'en est emparée. Tandis que Père et Pauline arrivaient, bras dessus, bras dessous, tu t'es approchée tranquillement du porte-manteau. Je découvris chez toi une assurance étonnante.

«J'ai acheté une écharpe» as-tu dit.

«Tu ne devrais pas porter de gris. C'est triste avec tes cheveux noirs» répondit notre père.

Un visage m'apparût aussitôt, des cheveux longs et blonds pris en torsade dans l'écharpe de cachemire sur un manteau rouge. Comment ne voyait-il pas ce fil d'or qui s'accrochait aux franges gris-perle ?

Nous ne parlions jamais de sa présence avec notre père. Pourtant, personne ne nous l'avait interdit. Elle semblait exister entre parenthèses dans un univers fermé, société secrète de petites fille et de femmes, qui, chacune à leur manière, lisait le texte ésotérique d'amours particulières.

* *

*

Un été, notre père entreprit un voyage de nouveau marié. Ce fut inattendu. Tes projets bousculés, tu acceptas cependant de nous garder avec toi le temps des vacances.

Ce n'était pas un samedi, comme d'habitude mais un jour ordinaire de premier juillet. Le sac de cuir qui évoquait les espaces de l'ouest, une mallette de médecin pionnier, avec sa poignée ancrée, que seule pouvait tenir une main ferme, fut déposé dans l'entrée. Il était accompagné de deux valises.

Aucun départ, le lendemain.

A la fin de la semaine suivante, sa peau était dorée comme du pain d'épice.

Nous avions compris: nous serions quatre pendant cette période estivale.

Je ne vais pas te rappeler ces jours. Tu les as peut-être revus dans le film à grande vitesse de ta vie, avant de mourir. Peut-être as-tu regretté ces agacements que tu avais envers nous parfois. C'était imperceptible mais nous n'étions pas prévues dans ton programme de bonheur cette année là.

Père et toi étiez heureux, chacun dans votre île. Je me traînais, encombrée par un corps qui n'osait plus se dénuder au soleil, embarrassée, embarrassante. Pauline, au contraire, osait vous éclabousser et l'enfouir dans le sable jusqu'à la tête. Elle se prit de passion pour le grenier, y trouva de vieilles nippes qu'elle transformait comme les robes de Peau d'Ane. Ces déguisements nous surprenaient chaque soir quand elle descendait, métamorphosée, nous rejoindre, au jardin.

Malgré la détente que nous procuraient les distractions de Pauline, je faisais, à cette époque des cauchemars réguliers.

Une nuit, affolée par l'angoisse, je vins frapper à la porte de ta chambre. J'entendis des petits cris d'oiseaux blessés, des murmures, des rires de souris et même ce qui me sembla être des lamentations.

J'essayai d'ouvrir la porte. Elle résista.

J'eus des scrupules à réveiller Pauline dont le souffle court et sucré sentait bon l'enfance dans son calme sommeil. Je la secouai cependant, l'extirpant à grand peine de la moiteur des songes.

Elle se frotta les yeux, grogna un peu, un sourire vite apparaissant : celui des matins de Noël.

Nous tînmes une sorte de conseil des sages en pyjama, face à face assises en tailleur sur son lit.

«Elle répète peut-être ?» me dit Pauline, naïve et passionnée. Elle se souvenait de la pièce que nous t'avions présentée au jour de l'an. C'était une surprise. Nous fermions notre chambre. Nous parlions tout bas.

«Tu as sans doute raison.»

Je ne voulais pas déranger sa candeur bien que je ne comprenais pas vraiment moi-même ce qui se tramait. Mais je songeais que si pièce il y avait, vous vous y preniez de bonne heure.

Pauline se rendormit. Mes battements de cœur ne la dérangeaient pas. Je restai éveillée, perplexe. Puis, la réflexion s'effaça devant le rêve.

La nuit suivante, je me suis arque boutée de toutes mes forces contre le sommeil.

Et c'est à pas lents et tremblants que, tard dans la nuit, je me suis approchée de ta porte. Des froissements de draps, des petits coups et des soupirs modulés comme la veille parvenaient à mon oreille.

J'appuyais sur la poignée, bien décidée à cogner sur la porte si tu n'ouvrais pas.

Mais celle-ci s'abaissa doucement, sans contrainte.

Je poussais le battant en silence.

Un spectacle incroyable apparut à mes yeux, fissure dans le miroir de mes connaissances.

Toute la maison était déjà baignée par la clarté de la

lune mais, dans ta chambre, c'était une toute autre lumière, accentuée, toute bleue, elle rentrait par la fenêtre grande ouverte.

Gabrielle t'avait offert, pour ton anniversaire, des diamants d'oreilles.

Tu semblais avoir étendu les bras pour les déposer sur la table de nuit du ciel. Tu les avais multipliés. Ils brillaient, nets et précis dans leur écrin, et c'étaient les étoiles.

Le parfum du seringat montait du jardin, il profitait de la tiédeur de cette nuit de juillet. Il s'y accordait des odeurs chaudes, féminines, des senteurs d'ambre solaire et de sueurs délicates, toutes mêlées à des flagrances inconnues. J'y reconnus pourtant les effluves suaves et familières des caresses interdites avec cette harmonie supplémentaire qui s'émanait de votre double embrassement.

Car, ce que je vis d'abord, avant d'aspirer en moi les émotions sensuelles de cette nuit presque orientale, ce fut vos deux corps nus, étroitement enlacés. Ils se balançaient au rythme de paroles stupéfiantes.

«Ma chérie, lui disais-tu, comme je t'aime!

- Ma douce, ma sœur, mon Amour» répondait Gabrielle.

Je vis ses mains monter vers ta nuque fragile. Elle la prit comme dans une coupe, baignait ton visage transfiguré de baisers. Ce fut à nouveau, des gémissements et des soupirs. Je ne reconnaissais plus ta voix. Ni la sienne. Où étiez vous ? Vous étiez belles, cependant, apparition onirique à la croisée d'une route insoupçonnée.

Elle desserra l'étreinte, douce, me semblait-il, de ses mains. Elle se souleva, aussi légère qu'une mousseline. Ta nudité m'apparut toute entière, méconnaissable, qui se tendait vers elle.

Un nouveau rite allait commencer.

J'en perçus tout le sacré et tirai aussitôt la porte vers moi, rideau baissé sur l'inviolable.

Je suis restée assise sur le palier un moment. Je n'entendais plus, je ne voulais plus écouter les clameurs discrètes de vos tendres sabbats.

Un verre d'eau à la cuisine.

Je suis sortie dans le jardin. Pieds nus.

Je suis restée sous la fenêtre tel un gardien investit de pouvoirs trop grands pour lui, rassurée : aucun de vos souffles ne parvenait à l'extérieur. Seul le résumé des transmissions propres aux nuits d'été agitait l'air pour préparer à l'aube tout un peuple invisible.

Je comprenais, enfin, dans ce silence ambigu: celle que tu nous avais présentée un jour comme notre Cousine Gabrielle ne l'était pas vraiment. Elle était femme et tu l'aimais. L'évidence de cet amour m'était révélée avec tant de conviction que j'abandonnais mes ultimes réticences. Je promettais cependant de vous le faire savoir. Et, pardonne-moi, Maman, je le fis bien maladroitement.

Le lendemain, je dormis toute la journée.

J'étais devenue autre. Il me fallait réparation.

A la fin du mois, Gabrielle, un dimanche vers dix-huit heures, descendit ses valises. Elle emportait quelques sacs supplémentaires, les emplettes des marchés locaux, des fruits du verger, un bouquet de roses que tu avais protégé de la chaleur, un coton imbibé d'eau froide entourant ses épines.

Gabrielle nous prit le menton à Pauline et à moi pour déposer sur nos joues des baisers qui ressemblaient aux plus petits de ces boutons de roses.

Elle sentait le dentifrice et la vanille.

Nous la regardions s'avancer vers la voiture. L'allée du jardin était fraîche comme un matin.

Nous attendions son départ, toutes les trois sur le pas de la porte. L'un de tes bras entourait mes épaules. Pauline, à mon côté, dansait sur place, impatiente de retrouver son grenier.

Je ne pouvais coudre plus longtemps le secret à mes lèvres. J'ai toujours eu besoin d'espace pour respirer. Les mots contenus détournent les cours de la vie libre. C'est pour empêcher cet étouffement que la parole est sortie.

Gabrielle venait de fermer le coffre. Elle nous faisait un petit signe de la main.

C'est alors que j'ai dit bien haut:

«Au revoir, Cousin Gabriel !»

Je ne crois pas qu'elle ait entendu.

En tous cas, elle a fait semblant...

Pauline m'envoya son coude dans les côtes en pouffant de rire mais, toi, doucement, tu t'es mise à pleurer.

L'impasse

Le père rentre chez lui. Il est ivre comme d'habitude. Il passe comme un fuyard devant la cuisine éclairée. Ses pas... pesants dans l'escalier. Il s'accroche à la rampe, naufragé de l'indicible. La chambre est ouverte, heureusement. Sa casquette glisse quand il s'abat sur le lit.

Il ronfle jusqu'au matin.

La mère s'en allait.

Elle laissait la cuisine allumée. Il verrait, à son retour, la lettre sur la table, ironiquement appuyée contre une bouteille de vin entamée.

Le père rêve.

Personne d'autre que lui n'habite plus la maison. Il est attiré par une lueur, il trouve sur la table de la cuisine une bouteille brisée.

Elle gît sur une feuille de papier rayé qui n'est pas le vélin des nantis. Dans le violet des taches de vin, l'empreinte d'une rose écrasée.

Il rassemble les débris de verre, les porte à sa bouche et les croque. Cela craque. Ses lèvres dégoulinent de sang. On dirait celles d'un enfant de vendangeur gavé de raisin noir. Il ne s'en soucie pas, essaie de déchiffrer la lettre aux mots délavés. Sa vue se brouille. Soudain, l'absence de l'odeur familière du café le surprend. Il comprend. Il est seul avec sa douleur.

Alors, seulement, le verre brisé lui fait mal.

Il se jure, en rêvant, qu'il ne boira jamais plus.

La mère ne parvenait pas à dormir.

Hébergée par sa sœur, que sa décision soulageait, elle s'était couchée tout habillée sur le divan. Elle préviendra les enfants demain. Chez lequel ira-t-elle ? L'aîné, musicien, reçoit tard ses amis et son désordre est sacré. Le second s'est engagé dans l'armée. Sa fille est enceinte. Il y a déjà deux enfants par chambre. Elle soupçonne son gendre de... oh ! pas tant que le père ! Mais quand même...

La pendule de ce salon propre la dérange. Elle ne reconnaît pas les ombres. Elle habite une impasse aux nuits calmes. Ici, dans la rue, des cris, des cliquetis, un arbre frappe aux carreaux. Elle se tourne, se retourne, soupire. A-t-il déjà trouvé la lettre ? Minuit. Il est peut-être encore temps. Elle se lève, enfile sans bruit ses chaussures. De cet intérieur coquet, émanent les senteurs fraîches et artificielles des produits d'entretien. Elles révèlent une odeur rance sur l'imperméable qu'elle décroche. Il lui paraît lourd. Comme chargé de pluie. Mais il sent la maison ! Elle sort dans la nuit. Elle reviendra prendre sa valise. Un autre jour.

Il est sept heures.

Le père descend. L'odeur du café le remet

d'aplomb.

La mère mange une tartine, debout contre l'évier.

Elle a un drôle d'air. Elle se dirige vers la gazinière.

« J'ai fait un rêve étrange » dit le père.

Ses paroles tombent dans le silence comme une note d'Erik Satie.

La mère, lentement, tourne la tête, la cafetière fumante au bout du bras levé.

« Il ne va tout de même pas me raconter ses rêves, maintenant ?».

Mais le père se tait. Comment pourrait-il expliquer ?

Il a déjà le nez dans son bol.

Malgré l'enfance

C'était dans les années qui suivaient la fin de la guerre. Des envies de voyages et d'exode volontaire circulaient de village en village. Les jeunes s'y accrochaient au passage. Comme à une corde de liberté lancée par un pêcheur bondissant du haut des capitales.

Ils en avaient parlé tard dans la nuit, de chaque côté de la table où dormaient quelques mouches. La jeune femme avait habilement amené la conversation au point où elle voulait en venir. Elle avait enlevé sa robe et quand il avait complimenté son pantalon sportswear acheté le jour même, elle avait su qu'il était disponible, « ferré », avait-elle pensé. Elle était revenue de ville avec le ELLE de ce printemps 1950, lui montrant une photo, s'écriant « C'est le même modèle ! ». Elle avait attendu qu'ils soient seuls pour enfiler le vêtement qui mettait sa taille en valeur. Un pantalon ! Que dirait sa belle-mère quand elle oserait le porter au grand jour ? Il faudrait qu'il prenne

17

son parti. Il faudrait de son côté qu'elle assume sa rébellion. La réprobation de cette femme était tellement prévisible !

Elle caressait par-dessus la table, à présent, la main de son mari. Le moment semblait propice. A l'intérieur du magazine, elle avait caché un journal. Elle le sortit imitant un prestidigitateur, souriant mystérieusement comme elle savait si bien le faire. Il y avait un sujet dont elle voulait discuter avec lui en dehors de la mode. Elle y pensait depuis des semaines. En secret.

Ils discutèrent.

Lui, avec ses mots de certificat d'études, avait invoqué le soleil ondoyant sur l'eau fraîche du ruisseau, les prés fleuris en mai, la sieste sous le peuplier bavard, l'adage du vieux chêne quand la brise est menue, sans savoir qu'il parlait de nostalgie future.

Elle, elle avait évoqué des fleurs plus élégantes, le spectacle incessant des villes insomniaques, la rectitude des grandes avenues, les trottoirs propres des boulevards, le confort, le progrès, peut-être une voiture, sans savoir qu'elle parlait de mirage.

Elle avait si bien frissonné, en soutien-gorge et pantalon, lui reprochant les chambres humides, le froid de l'hiver et la boue des chemins, ses parents à lui qui seraient, encore longtemps, les patrons de la ferme exigeante, qu'il céda, attendri, lui tapotant la main.

Elle jubila en lui rappelant qu'elle venait de toucher son héritage. Elle lui en concédait une part, bien entendu ! Il ne dit rien. Songeant aux sacrifices qu'implique la vie à deux. Elle serra contre son cœur le journal qu'elle avait amené, caché, plié, qu'elle avait déplié devant lui sur la table. L'une des annonces, elle en était sûre, recevrait une réponse.

Ils montèrent se coucher. Lui, il évitait les marches qui craquaient. Il alluma, malgré les soupirs exaspérés de sa femme, la lumière de leur chambre. Il voulait s'assurer que l'enfant n'était pas morte comme il le craignait à chaque fois qu'elle dormait.

Il sourit.

Alice respirait calmement dans son petit lit.

Bientôt, elle serait à Paris et le père ne savait pas s'il devait s'en réjouir. Patience, lui murmura-t-il. Alice ne se réveilla pas cette nuit-là dans la chambre humide et feutrée de bruits.

Peu de temps après la conversation dans la cuisine, ses parents s'en allèrent. Sans elle. Pour la première fois, Alice eut l'intuition qu'ils pouvaient être deux sans être trois... C'était un sentiment diffus, de ceux qui appellent des conclusions injustes, Alice en voulut à sa mère.

Confiée à ses grands-parents, le temps d'une transaction « où un enfant n'avait pas sa place », il lui fallut attendre, affronter les lamentations de sa grand-mère. Elles scandaient les jours de l'attente, mélopée triste de Mater Dolorosa. Alice la suivait, accrochée à ses jupes de serge noire, de la soue à la basse-cour, fuyant le silence du grand-père. Depuis le départ des parents d'Alice, il s'était enfermé dans sa colère, tirant sur son front un rideau de fer.

Il avait d'autres fils.

C'était celui-là qu'il voulait.

Il le voulait parce qu'il partait.

Cette indignation muette de paysan buté poursuivit en vain le père d'Alice jusqu'à la gare, le jour de son retour. Il était revenu chercher l'enfant, l'emmener avec lui dans le nouveau foyer. Il avait heureusement les jeunes années d'Alice pour lui tenir la main à la montée dans le wagon. L'œil du père ressemblait à celui d'un aigle, il le martyrisait. La veille, après les signatures sous le regard plissé d'un notaire parisien, il s'était presque enfui pour venir chercher Alice. Il la hissait à présent dans le train, elle était son bouclier, le paravent qui l'empêchait de céder. Il se retourna vers le quai. Ses parents, rigides, le regardaient avec plus de chagrin que de colère, maintenant.

Alors, seulement, il se sentit soulagé. Et libre. Enfin presque.

Alice n'oublierait jamais ce premier voyage, les repose-tête en dentelle, les sièges écossais du compartiment, les paysages inconnus de lacs, de montagnes, photographies en noir et blanc encadrées sous les filets à bagages. Elles invitaient à d'autres voyages.

La campagne filait en sens inverse. C'était des rendez-vous manqués à chaque seconde, des visions fugitives qui donnaient envie de tirer le signal d'alarme. S'arrêter, regarder. Le tempo hypnotique du train rythmait ces images avec l'allégresse amplifiée d'une forge magique.

Elle s'endormit.

Elle eut une autre surprise, découvrant la boutique de ses parents. Sous l'enseigne dorée « Vins fins et spiritueux – Confiseries de luxe », la façade en marbre bleu turquin d'Italie s'ornait de vitrines en verre aux couvercles bombés. De chaque côté de la porte, suspendues à la devanture, elles ressemblaient au cercueil de Blanche Neige. A l'intérieur, du marbre aussi, sur les comptoirs. Les bouteilles de vins fins n'étaient pas protégées par des toiles d'araignée, mais rangées, bien propres, dans des casiers alvéolés. Celles qui contenaient les liqueurs s'exposaient, brillantes, en verre ciselé ou dans une profusion de faïence. Certaines en forme de caniche, la tête servant de bouchon, la fascinaient. Elles côtoyaient des bonbonnières en porcelaine, en cristal. Des présentoirs en argent sur des napperons brodés offraient des dragées lisses, des fruits en pâte d'amande, des gaufrettes raffinées. Un décor de marquise.

Alice pensa qu'elle était arrivée au Pays des Merveilles.

Mais le luxe cachait la misère.

Derrière le comptoir, une porte en miroir biseauté s'ouvrait sur un logement misérable. Minable, disait sa mère.

Aussi, dès le lendemain, Alice connut-elle l'ivresse des avenues aux platanes bien taillés, si différents des arbres qu'elle venait de quitter. Encadrée par ses parents, elle partait fièrement à la recherche d'une habitation digne de leur nouveau statut.

Le premier appartement qu'ils visitèrent était ancien, pourvu de poêles Godin vert sapin aux mâchoires d'acier bien astiquées. La vue sur les toits attira son père près d'une fenêtre. La peinture s'écaillait. Il pensa au charme suranné de cette femme élégante qu'il apercevait parfois dans son village. Des odeurs fanées de légende animaient son voile de veuve à la sortie de la messe, insolite distinction parmi les coiffes blanches des paysannes endimanchées. Elle ne serait ici que le fantôme de ses premiers émois.

La mère d'Alice rejeta aussitôt l'endroit.

« Je ne veux pas de ce chauffage ! Il faudrait descendre à la cave, se lever la nuit pour entretenir le feu. Je n'ai pas quitté la campagne pour la poussière et l'embarras ! ».

Le père revint vers elle, lui prit le bras, et, doucement : « Allons en voir un autre ».

Il emporta avec lui la vision d'une cathédrale. Sa flèche surnageait les vagues de toits bleus sur lesquels en camaïeu de gris, des chorégraphes ailés improvisaient. Aussi libres que leurs cousins ramiers.

Il se pencha vers Alice :

- Dommage ! D'ici nous aurions vu apparaître un jour le ramoneur…

- Et la bergère ?

- Sans doute. Mais ta mère a raison. Nous aurions eu froid ».

21

Alice ressentit un sentiment flou d'incompréhension. Un peu de rancune. Comment son père pouvait-il refermer aussi vite les livres qu'il lui lisait le soir, suivre cette femme qui s'agitait comme un plumeau ?

Quelques immeubles plus tard, le propriétaire d'un appartement rénové insista sur les tapisseries neuves, les laques brillantes et les sculptures modernes des radiateurs en fonte. La confiance s'installa. Il déclara : « J'ai fait supprimer toutes les cheminées. Il faut vivre avec son temps ». Il se retint d'ajouter : « Que diable ! ». Mais tout le monde avait compris.

La jeune-femme le trouva intelligent.

L'agent immobilier qui les accompagnait, s'empara de l'aubaine flottant autour d'elle, se lança dans une propagande inutile. Prétextant une nouvelle visite à la cuisine, elle s'y isola, sortit de son sac un face à main, mordilla ses lèvres, se repoudra le nez.

Elle revint toute pimpante.

Les trois hommes lui souriaient.

Aucun ne vit le petit visage sans artifice levé vers eux et qui les fixait intensément. C'est dans de semblables moments, peut-être, que les miroirs des mères se brisent, glissent et entaillent l'apparences des filles humaines.

L'affaire fut conclue.

Cependant, l'angoisse attendait le père dans les escaliers. Il réalisa. Il s'engageait dans un mariage avec la ville. Il ne l'avait pas vraiment désiré. Oppressé, il se tassa, ralentit le pas. Les autres le doublaient. Il vit descendre devant lui le dos droit de sa femme, ses épaules rondes, sa nuque décidée au duvet brun frisottant. Si doux, si charnu. Il se souvint des chambres glaciales de la ferme au petit matin quand il se rapprochait d'elle et qu'elle se raidissait. Elle aimait la chaleur, la chaleur la déliait. Il soupira, satisfait, la salua secrètement. Elle était forte, audacieuse et belle.

Alice grandit dans cet endroit.

Le commerce prospérait, non loin de là.

Elle vit, un à un, les vieux meubles rustiques défiler vers la sortie. D'autres, rutilants, en teck, en formica, et même en plastique, les remplaçaient. De nombreux bibelots s'y posaient tous les mois.

Il y avait ce long chien loup en plâtre verni. Il trônait sur le buffet, fixé à une plaque en marbre gris semblable à une pierre tombale. L'une de ses pattes avant, détachée du socle, s'avançait dans l'espace aseptisé, entre les deux corps du meuble. Il ne bougeait pas. Comme s'il attendait des étendues impossibles pour s'élancer.

Alice imaginait.

Il glisserait sur la cire, ses os en plâtre seraient brisés, vite balayés, vite oubliés. Il cesserait de souffrir.

Elle eut souvent envie d'abréger sa douleur de chien captif, de le pousser. Avec un rien de distraction. Mais il était trop lourd. Une motivation forcenée semblait nécessaire. Son geste la trahirait. Elle pensait au chagrin de sa mère. Elle ne pouvait compter sur personne pour la soutenir. Son père avait été faible, il n'avait pas su imposer le poêle à charbon. Comment prendrait-il son parti si elle cassait le chien ?

Elle renonça. Elle trouva le chien hideux. Et, dans ce cas, il ne valait pas non plus un châtiment.

Le chien banni, elle était seule. Elle savait qu'elle n'aurait jamais de sœur, jamais de frère. Un dimanche, à table, sa mère s'était levée. Une large tache sombre à l'arrière de son ample jupe vert foncé. Le médecin accourut aussitôt.

Impressionnée, Alice, avait vu passer des cuvettes pleines de sang de la chambre aux toilettes, des toilettes à la chambre. Sa mère saignait du nez ! Elle devait dégager le couloir ! Ne pas se mettre, ainsi, toujours, dans les jambes des adultes.

Le lendemain, pendant plusieurs jours, son père

l'emmena en promenade, le soir, aux Etangs de Hollande. Il fallait beaucoup de calme à la maison. Pas le moindre bruit. Il serrait la main d'Alice comme la clé d'un trésor. Elle comprit plus tard combien elle avait dû lui être chère dans ces moments là. Parfois trop. Il l'étouffait sous ses baisers.

Il lui offrit un livre.

La Petite Marchande d'Allumettes rentra judicieusement dans sa vie, être pitoyable à aimer, amie fidèle à secourir.

Elles se retrouvaient tous les soirs dans le lit d'Alice. Alice sentait sur ses doigts la chaleur de la dernière flamme, elle pleurait quand elle s'éteignait. Elle glissait le livre sous sa chemise de nuit, sur son ventre, pour le réchauffer. Elle posait sur lui ses mains bien à plat, frissonnait au contact de la neige, la mort peu à peu vaincue par des douceurs étranges qui effaçaient lentement la sensation froide du papier. Elle s'efforçait de rester immobile dans un sommeil de veilleur. Mais elle retrouvait le livre écorné, froissé comme la peau de son visage au matin, peau d'âne, peau de chagrin, peau de parchemin, toute chiffonnée au réveil. Derrière sa figure de petite fille, commençait à se creuser une caverne. Il s'y mélangerait toutes les richesses des univers inventés, ceux des milliers de pages qu'elle lirait désormais.

Elle s'en voulait d'abimer ce premier livre. D'autre part, elle ne pouvait abandonner son héroïne sur un coin de trottoir glacé. Alors que la peau de son ventre était si chaude !

Elle avait entendu dire que les religieuses repassaient leur voile en les plaçant le soir sous leur matelas. Tout en se demandant à quoi pouvait ressembler une religieuse sans habit, elle sut qu'elle avait trouvé la solution ! Elle, c'était le matin qu'elle se mettait à genoux. Elle soulevait le matelas, glissait le livre sur le sommier au pied du lit. Elle le lissait, reposait le coin du matelas. Pour le presser davantage, elle plaçait à cet endroit son dictionnaire sur le couvre-lit. Le poids des mots contenus dans le Grand Larousse protégeait sa cachette, assurait à ceux de la petite Marchande d'Allumettes une densité chaleureuse. C'était comme si une part d'elle-même se trouvait à l'abri. Au creux d'un conte inviolable.

En rentrant de l'école, elle retrouvait invariablement le dictionnaire rangé sur l'étagère. Elle s'obstinait. Tous les jours elle remettait son enclume de papier. Sa pression agissait au moins pendant quelques heures, le temps que la bonne arrive et s'attaque à sa chambre.

Alice avait beau réclamer le droit de faire son lit, sa mère s'indignait, Jeannine était payée pour faire le ménage, elle n'avait pas à contester !

Quant au livre, il semblait n'avoir jamais été découvert. Elle pensait que la bonne accomplissait mécaniquement son rangement, mettait de l'ordre en surface. Sans imaginer l'invisible. Alice ignorait que certaines profanations restent aussi secrètes que la chose cachée. Elle oubliait dans sa naïveté les jours de grand ménage. L'employée, soulevant les draps du lit pour les changer n'osait pas toucher à ce livre, possession secrète d'une enfant qu'elle trouvait étrange.

Puis arriva le temps où les doigts bleus de la petite Marchande s'engourdirent pour toujours. Le livre, hors d'usage, rejoignit les vieilles poupées, les peluches râpées dans le coffre à jouets recouvert désormais d'un coussin à volants. Alice en fit un siège où elle balançait ses jambes, cognait le bois en cadence. Pour enfermer les reclus et les tenir éveillés à la fois. Paradoxe d'adolescente.

Elle rêvait à présent de rencontres amoureuses.

Celle de Jane Eyre et du Grand Meaulnes lui plaisait bien. Ils se tenaient les mains sur un banc au Jardin des Tuileries. Dans sa version – qui la faisait beaucoup pleurer – Monsieur Rochester avait finalement péri dans l'incendie du manoir. Elle avait décrété qu'il était trop vieux, trop paternel pour Jane. Il se tenait maintenant à sa place. Près de lui dans l'au-delà, les auteurs des amants inédits : Charlotte Brontë, Alain Fournier, tous les trois à jamais liés. Ce qui ressemblait, dans son esprit, à un inceste. Quand elle y réfléchissait. Sans pouvoir l'expliquer. Mais, comme le disait sa mère : « Si tu dis cela, c'est qu'il y a une raison ! ».

La vie est compliquée.

C'était l'été, maintenant.

Elle s'ennuyait.

L'air avait une odeur de pain grillé.

Il n'y avait pas si longtemps, à cette époque des vacances, on l'expédiait par le train chez ses grands-parents.

Cela faisait des économies d'un côté et du bonheur de l'autre. Le bonheur (et cela paraît si banal de le dire à côté de la sensation) de déjeuner près de la cheminée de la ferme. Une tranche de pain piquée sur une fourchette tendue vers le feu allumé quelle que soit la saison. Au repas du midi, une place lui était réservée sur le banc près de son grand-père. Lui seul avait droit à une chaise. Il régnait en maître au bout de la longue table où s'était joué, un soir, son destin. Les ouvriers de la moisson arrivaient dans des claquements secs de sabots. Qu'ils laissaient au seuil de la grande salle. Ils s'asseyaient, humides, rouges, et les yeux lointains. Alice était séparée du premier homme de la rangée par une place laissée vide. Mais elle pouvait sentir les odeurs mêlées de sueur, de poussière de blé, sur les habits et celle du savon de Marseille, sur les mains, les avant-bras fraîchement lavés.

Son grand-père avait le coup de casquette facile si elle ne tenait pas son dos bien droit sur le banc. Elle acceptait la réprimande. Celles de ses parents la révoltaient. La noblesse avec laquelle son grand-père tenait le pouvoir lui semblait juste, exemplaire, romanesque. C'était un personnage. D'ailleurs, l'atmosphère de la ferme l'envoûtait toute entière. Elle l'attirait comme celle de la ville avait attiré sa mère. Toutes les deux se ressemblaient dans leurs défis. Elles partaient d'un point identique de volonté, la même ténacité les accompagnait. Chacune dans une direction opposée.

Alice se souvenait de ces vacances rêvées d'enfance quand elle défiait sa mère par la pensée.

A cet âge, qui la quittait maintenant, elle jouait à la fermière. Dans la vraie ferme que sa mère avait dédaignée.

Elle se munissait de brindilles, alimentait le feu sous le chaudron installé près de la porcherie. Une marmelade de pommes de terre non pelées y bouillonnait. Il s'en dégageait une odeur étrange de purée chaude et sale et de terre brûlée. Elle oubliait alors les chaussures vernies du dimanche, les socquettes en fil d'Ecosse, les jupes à godets de chez l'Empereur, le sautoir en pierres noires taillées de sa mère, sa robe tachée de sang.

Le soir, elle se couchait avant le soleil sans protester. Elle captait le jour par la fente des volets, retrouvait les compagnons du livre. Ils enflammaient son imagination. Elle se retrouvait dans les orphelines, les enfants abandonnés, les chevaliers arrogants et les princes délirants. Leur âme devint indissociable de son âme, lampe perpétuelle, la ferme une forteresse de légende où brillait son âme, tard dans la nuit, car, quand elle avait fini de lire, Alice ne dormait pas. Elle lisait tout haut ses pensées, les récitait, les déclamant, les entonnant. Sa grand-mère, dans la grande salle en dessous, l'entendait à travers le plancher.

Elle croyait qu'Alice chantonnait pour se rassurer, qu'elle avait peur toute seule dans sa chambre.

Elle venait la chercher.

C'était l'heure où ses grands-parents se métamorphosaient.

Le grand-père, pantalons relevés jusqu'au mollet, trempait ses pieds dans une cuvette en émail bleu. Il avait retiré sa casquette. Des mèches de cheveux rebelles lui donnaient l'air d'un jeune homme étonné.

Il l'accueillait toujours par ces mots : « Dors-tu ? ». Cela faisait rire Alice.

Elle s'asseyait sur une chaise à nourrice, le chat bondissant sur ses genoux. Elle était surprise de le trouver à l'intérieur de la maison. Dans la journée, il était chassé à coups de galoches, de balai, de torchon.

Sa grand-mère défaisait son chignon, les épingles faisaient un petit Gling, tombant dans une boîte en fer. Alice, stupéfaite par la taille et le nombre des épingles, regardait, enviait, la cascade imprévue de la chevelure qui retombait sur la tête penchée en avant. Sa grand-mère la brossait longuement. Puis la nattait. Maroussia, princesse de la liberté tombée dans les plaines de l'Ukraine apparaissait alors. La différence d'âge entre l'héroïne de Stahl et sa grand-mère était considérable. Et considérables les couleurs opposées de leurs cheveux. Il n'existait entre elles que la ressemblance de la rondeur des joues, les yeux bleus, une natte, blonde pour Maroussia, et, pour sa grand-mère, brune filée d'argent. Et puis il y avait ce lien entre elles des champs de blé ondulant à l'infini qu'elles parcouraient. La fillette ukrainienne sur son cheval, sa grand-mère le dos courbé. Résistantes, aimantes et fidèles. Surtout résistantes. Alors, même s'il était impossible qu'elles se rencontrent ni même qu'elles puissent en comprendre la raison, Maroussia et sa grand-mère fusionnaient. Alice jouissait d'aller chercher en elle-même le pouvoir divin de les unir. Elle en ferait ses égéries.

Tranquille et secrète, elle observait à nouveau ses grands-parents. Tous les deux avaient rajeunis et, parce qu'ils avaient soudain l'air plus vrais, ils semblaient irréels.

Leur conversation tournait, lente, autour des

problèmes quotidiens. Elle n'était pas dupe. Toute cette humanité triviale cachait des messages codés. Mais elle jouait le jeu.

S'ils ne voulaient pas lui avouer qu'ils étaient les héros d'une histoire fantastique, c'est qu'ils voulaient la protéger. Contre les méchants.

Un mot entraînait un souvenir.

Alice posait des questions anodines, qu'elle jugeait subtiles dans leur simplicité. Elle avait honte, aussi, un peu, de les embobiner mais vaincre leur pudeur à ce prix n'en avait pas, justement. Elle avait ce point commun avec sa mère. Heureusement personne n'était là pour le lui dire sous peine qu'elle se taise à jamais.

Elle recueillait ainsi des fragments de vie ancienne. L'enfance de son père, chétif et timoré, celle des autres fils, peu de choses sur la guerre. Elle avait dévoré l'aîné. Les deux oncles survivants dormaient dans une annexe, terrés dans l'épaisseur du célibat. Présents aux champs, aux repas, passant comme des ombres de la cour à l'étable, ils effrayaient Alice.

Le plus petit et le plus maigre, surtout. Il avait enchaîné le chien Bobby à la niche. Le chien, vieux, malade, avait compris. Il avait essayé de casser les anneaux de la laisse en pleurant. Puis il s'était couché, les yeux meurtris, résigné comme le bétail qu'on emmenait à l'abattoir, certaines vaches avec les yeux fous. Accusateurs. Pour Bobby, inutile de se déplacer. Une cartouche contre une piqûre. Un seul coup de fusil. Le petit oncle avait-il ressenti de la pitié ? Un quelconque sentiment envers ce vieux compagnon ? Ou bien était-ce la routine ? Alice qui ne voulait pas impliquer ses grands-parents dans la barbarie ordinaire avait institué ces deux oncles en boucs émissaires.

Elle osait s'avouer qu'elle avait peur d'eux, ils lui donnaient le prétexte de détourner la terreur que lui inspiraient certains hommes. C'était moins facile, finalement d'avouer sa peur concernant leur frère, son père. Inimaginable.

C'était peut-être leur absence, ces soirs-là, qui délivrait ses grands-parents d'un charme mystérieux.

A y penser, un frisson imperceptible courait sous sa peau. C'était suffisant pour faire fuir le chat qui, dans sa détente, la griffait à travers le pyjama. Sa grand-mère lui tendait les bras. Elle venait s'y blottir. Une caresse sur ses boucles coupées très court. La grand-mère s'était habituée aux cheveux d'Alice. On disait dans les campagnes que les roux étaient mauvais. Ce n'était pas vrai pour sa petite fille.

Alice était rousse.

Une exception dans la famille. Elle avait sans doute hérité de l'ancêtre irlandais, celui qui avait dû être inflexible pour survivre à l'exil, l'aïeul aux yeux d'acier, érigé en légende. Dont personne ne se souvenait du vrai nom. Il l'avait changé. Pourquoi ? se demandait Alice. Alors, elle inventait. Elle se demanderait plus tard s'il ne l'avait pas francisé . En Briand. C'était son nom à elle aussi, et la couleur de ses origines.

A nouveau elle jouissait de la puissance de l'imaginaire, sa raison lui dictant que les pensées sont sans limite si on veut bien les dépasser. Elle n'avait pas encore assimilé à cette perception la notion de liberté, cela viendrait plus tard. Pour l'instant elle en posait les fondations.

Le grand-père à présent s'était séché les pieds. Avec des gestes délicats de baigneuse. Il roulait une dernière cigarette. Et, ce qui était incroyable, il faisait un clin d'œil à sa grand-mère. Celle-ci reposait Alice sur la chaise, prenait sur le dessus de l'armoire une grosse clé. Alice était confortée dans ses croyances. A qui confier un jour le secret extraordinaire ? La vérité de ces personnes à laquelle elle était initiée ? Comment convaincre les autres, sa mère, en particulier, qu'ils n'étaient ni rustres ni austères mais des princes déguisés ? Elle décida de les ranger dans sa mémoire. Elle attendrait le moment propice.

Ils buvaient ensuite ensemble devant le feu grisonnant. La petite fille légèrement euphorique. Le lait chaud coulait dans sa gorge, perlé de gouttelettes d'eau de poire qui donnaient au breuvage des essences de parfums redoutables.

Elle se retrouvait dodelinant dans son lit.

Au matin, elle découvrirait sur la table de nuit la preuve qu'elle n'avait pas rêvé, un biscuit entamé qu'on lui avait retiré des mains la veille et que les fourmis tentaient de détruire.

Le premier jour de septembre, son père était attendu.

Il arrivait désormais en voiture. Une Simca, blanche à toit bleu. « C'est Versailles ! » disait le grand-père, content de son jeu de mot un tantinet ironique. Le lendemain, après une nuit aussi blanche que les ailes de l'auto, Alice retrouvait son nouveau corps. Ou son ancien. Son corps de citadine. Elle se sentait moins souple dans sa robe au jupon raide. Une barrette retenait sa frange qui avait poussé, elle tirait sur la peau des tempes. Ses yeux semblaient amidonnés. Elle était propre, bien rincée, les cheveux luisant mais elle savait que sa mère la reniflerait à son retour. Elle serait frottée, avec énergie, ses vêtements relavés. Toute la valise. « Dieu ! Que cette odeur est tenace ! » entendrait-elle répéter. Tandis-que ses rêves enchaînés au cœur de la ferme seraient indissolubles.

Il y eut un jour de septembre où son père s'excusa d'emblée. Il ne dormirait pas à la ferme cette fois-là, oui cela faisait beaucoup de kilomètres mais il était pressé. Les affaires. Il accepta cependant un déjeuner rapide. Puis il empoigna la valise et un panier tressé. Alice trouva soudain répugnant le lapin écorché dans le torchon blanc. Dans la « Versailles » au cuir neuf, il y avait comme une fausse note tout à coup. Elle avait honte également de trouver sale la coquille des œufs – une douzaine offerte par la grand-mère – qu'elle trouvait si beaux la veille. Son père appréciait ces offrandes. Mais le temps de vivre, dont il aurait pu faire cadeau, resta sur la table comme des miettes oubliées.

« Peut-être viendrez-vous à Noël tous les trois ? », questionna d'une drôle de voix la grand-mère.

« On verra… pourquoi pas ? ».

Alice les regardait s'embrasser.

Elle pensait à la bûche que son grand-père avait mise de côté pour le jour de l'an. Elle lui fit un clin d'œil. Elle faillit recevoir un coup de casquette mais il se ravisa. Peut-être avait-il compris.

Elle se jeta dans le tablier de sa grand-mère, elle crut sentir la caresse de deux nattes douces où le brun et le blond se mêlaient, une chaleur qu'elle n'oublierait jamais. Mais quand elle leva les yeux, elle vit le chignon solidement ancré, des rides sur le visage aimé, il n'avait plus rien de Maroussia. Ce n'était pas grave. Elle savait.

Elle les regarda agiter la main dans la cour par la vitre arrière. Aussi longtemps qu'elle put. Le sentier aux chênes derrière le four à pain se recouvrait peu à peu de neige, elle entendait des clochettes tinter dans l'espace clair d'un hiver bienheureux… Non ! Ils devenaient de plus en plus minuscules, l'herbe était sèche et la radio à bord ne racontait pas les Lettres de mon Moulin.

Au Noël suivant, le lit des grands-parents était vide.

Ils étaient partis ensemble une nuit de novembre.

Le grand-père avait un œil fermé. L'autre semi-ouvert. Il fut impossible d'abaisser cette paupière-là.

La grand-mère faisait « Oh ! » avec sa bouche. Elle baignait dans ses cheveux dénoués. Sans les démêler, on les tordit rapidement en torsades pour ajuster un chignon décent. L'un de ses bras pendait hors du lit, le bout de ses doigts effleurant la chemise de nuit affalée sur la carpette en poils de chèvre, celle qui glissait toujours sur le plancher.

Elle était nue. C'était vraiment très gênant. Le grand-père l'était lui aussi. C'était normal pour un homme. Mais que la grand-mère dorme nue ! Et cela depuis des années peut-être ! Au risque d'être découverte! Ce qui était arrivé. Elle aurait pu y penser !

Alice n'avait pas vu. Elle avait entendu seulement. Un récit de famille qui se transmettait à huis clos. Mais, ces jours-là, personne ne fait attention aux enfants.

Elle avait l'âge à présent d'évaluer la distance qui la séparait de celui de sa grand-mère. Elle pensa au chagrin de ses grands-parents quand son père avait déserté la ferme, aux liqueurs prisonnières des flacons à tête de chien, à Bobby, aux cochons égorgés, aux poêles Godin regrettés, au frère ou à la sœur avalés en petits morceaux par la chasse d'eau, aux bras moites de son père aux Etangs de Hollande, à la petite Marchande d'Allumettes. A Maroussia.

Elle comprit que le bonheur est l'instant fragile.

Impalpable comme un rêve.

Elle se dit que si la perspective était de mourir, nue, dans les bras d'un vieux mari qui l'aimait et qui, dans un clin d'œil ultime, mourrait avec elle, la vie valait la peine de tracer la route.

Malgré tout.

Les petits pas de l'ange

Je te regarde dormir, ta petite aile de porcelaine repliée sous le menton. Tu es un ange, tu ressembles à ton père.

J'ai essayé plusieurs fois d'écrire l'histoire qui m'a menée jusqu'à toi, jusqu'à ce berceau où tu sembles rêver à des mondes paisibles que je ne connais pas. Mais la magie se joue des mots, les réduisant au silence, elle contourne leur sens sans t'éloigner de moi. Comme les îles de tes rêves. Alors, il ne reste plus qu'à les chanter, pour toi seul, mon enfant.

Je dois d'abord te parler de mon prénom. Je le dois à la littérature. Ma mère, ta grand-mère, *adorait* Virginia Woolf, mon père, ton grand-père, *appréciait* beaucoup Stefan Zweig. Quand il m'ont tenue dans leurs bras pour la première fois, ils m'ont appelée Clarissa. Je me suis longtemps demandé laquelle, de la fiction ou de la réalité, croisait les doigts du destin et si les prénoms avaient une influence sur la vie des gens. Je n'ai, avec les héroïnes de

Virginia et Stefan, que peu de liens. Mais les deux principaux – qu'il te faudra retrouver dans les livres – se sont noués le jour de mes vingt ans. Tressant ma vie. Et la tienne.

La Clarissa de Stefan Zweig aurait sans doute envié mon enfance, le fil parfaitement lumineux de mes souvenirs. Quant à celle de Virginia Woolf, Clarissa Dalloway, elle devait vivre lors d'une journée singulière, l'un de ces minuscules évènements qui n'ont l'air de rien mais qui restent dans les mémoires. En particulier dans la mienne, le jour de mes vingt ans.

Je m'étais levée gaiement le matin du 16 Juillet 1989. Comme Clarissa Dalloway, je devais commencer ma journée par me rendre chez le fleuriste. Tes grands-parents y avaient commandé un bouquet avant leur départ, me faisant promettre d'aller le chercher sans attendre leur retour, prévu le soir même. Ton grand-père avait ajouté qu'il y aurait d'autres cadeaux plus tard dans la soirée. Précision inutile ! Je souriais à l'avance. Une abondance de colifichets allaient se répandre autour de moi dans des parfums d'épices, d'encens, de poussière chaude inconnue, qui sentiraient l'arnaque et la spiritualité. Un rituel immuable à chaque retour de leurs vacances. Je soupçonnais un cadeau supplémentaire ce soir-là, un cadeau d'exception, choisi sans regarder à la dépense dans une boutique de luxe. Quelque part, se rendant au centre d'une grande ville, ils prendraient un taxi, imaginant le présent inoubliable à m'offrir, jubilant de sortir, pour une fois, des sentiers battus.

Vingt ans, ma Chérie ! M'avait dit ma mère, avant de partir. Elle avait brandi, victorieuse, leur billet de retour échangé à la dernière minute. Quand elle avait réalisé que la durée initiale de leur séjour les empêchait d'être présents le jour de mon anniversaire, elle s'était battue pour changer la date, au prix de tracasseries, d'un supplément de tarif et d'une escale fatigante. Elle avait imprimé ce billet, pour le garder en souvenir. Tu verras, il aura la valeur d'une photographie ! Je la revois, fière d'elle, c'est tout juste si elle n'expédiait pas ses vacances, impatiente d'arriver au 16 juillet.

Je souriais, buvant mon thé matinal, debout devant la fenêtre ouverte, pieds nus, mes longs cheveux blonds emmêlés sur mon dos.

Invincible.

Comme tous les matins, depuis qu'ils étaient partis, j'avais jeté un coup d'œil à leur voiture. Elle était garée dans la cour intérieure de l'immeuble. La place de parking réservée à mon studio restait vide. Sauf quand ils partaient en voyage. Le local à vélos me suffisait. Je n'avais pas d'auto. Celle de mes parents - ils prenaient un taxi pour les emmener, les ramener, de l'aéroport - me réconfortait. Comme une annexe de l'enfance. Mes parents voyageaient beaucoup. Il ne leur était jamais arrivé d'aventures plus terribles que celles provoquées par les loufoqueries de ma mère. Ma mère, ta grand-mère, est indescriptible, mon enfant. Ses cheveux gris, ses rides de soleil et de rires, mis à part, imagine la, si tu peux, en jeune révoltée de Mai 68. Douce, mouvante, émouvante, farfelue.

Son projet de vie était la bienveillance. La bienveillance l'entourait et, plus tard, elle la déposerait entre mes mains, entre les tiennes. L'intention d'une mère transmise à son enfant...

La voiture me tenait compagnie, tel un chat qui dort au seuil de la porte. C'était le lien tangible entre nous, la preuve de leur existence. Une existence fantastique à bien des égards, tu verras. Je regardais la voiture, elle ne serait bientôt plus là, dans son stationnement rassurant. Ils allaient revenir, rester une nuit ou deux. Mon père, ton grand-père, dirait que ce n'était plus de son âge de dormir sur un futon, qu'il songeait à m'acheter un appartement digne de ce nom où ils pourraient venir plus souvent. Ils allaient revenir, repartir dans leur maison en Normandie, où, sitôt les valises défaites, ils déplieraient d'autres cartes. Ils se donneraient un mois, deux mois, trois mois, jamais plus, pour remettre de l'ordre dans le jardin, cuisiner des recettes exotiques, trier des photos à n'en plus finir, les montrer à leurs amis, leur offrir des tissus légers comme des impressions, des sachets safranés, des babioles inutiles. Ils prendraient de la distance avec le quotidien, repartiraient au loin. La beauté du monde allumerait à nouveau la lumière dans leurs yeux clairs, la misère ferait pleurer ma mère, ils reviendraient les bras chargés, tout recommencerait, c'étaient plusieurs voyages en un seul infini.

Le 16 juillet 1989, alors que deux siècles plus tôt, la révolution déferlait sur la France, une masse d'eau phénoménale jaillit quelque part dans l'océan Atlantique, éclaboussant et repoussant les vagues du grand large. Il était environ trois heures du matin. Ce jour-là, la vie d'Herbert Von Karajan allait, elle aussi, se briser sur la vague tranchante de la mort. C'était le jour de mes vingt ans. C'est pour cela, mon enfant, que tu me verras pleurer à chaque fois que j'entendrai, quelque part, par hasard, la Mer de Claude Debussy. Je reste à jamais liée au complaintes de la musique océane, mes souvenirs éparpillés, suivant affolés des corps désintégrés, allant à la dérive sur les particules d'une symphonie. Imagine le gouffre immense dans l'océan, le silence retentissant du Maestro, une vague, estampe terrible et magnifique, qui au lieu de déferler se creuse et engloutit. Sous le poids d'un avion.

A l'instant de l'impact, je dormais. Je m'en suis voulu longtemps, aucune intuition ne m'avait réveillée ! Levée de bonne heure, c'est au contraire en chantant que j'ai ouvert la radio. La perspective d'une matinée de préparatifs me semblait aussi excitante que la journée de Clarissa Dalloway. J'avais vingt ans et bientôt je serai entourée de fleurs et de mes parents, ton grand-père et ta grand-mère, mon enfant. Je les revoyais, quinze jours plus tôt, me tendant les clés de la voiture, mon père disant à ma mère : « Maintenant, je me laisse conduire ». « Où tu iras, j'irai », répondait-elle en chantonnant. Ils me faisaient rire de ce rire précieux de la jeunesse, à la source des larmes et de la nostalgie.

Je m'étais appuyée contre la rambarde en fer forgé pour déverser les feuilles de thé dans la terre des pensées, évitant de justesse une fiente de pigeon, pestant contre les volatiles qui envahissaient Paris. Ce matin-là, le ciel était bleu et propre. La radio vibrait sur le réfrigérateur derrière moi. Et puis, soudain, un voile de brume irréelle s'est accroché aux antennes sur les toits. C'était l'heure des informations. D'une voix neutre, le journaliste annonçait qu'un avion de ligne en provenance de Bogota s'était abîmé en mer au cours de la nuit. Il n'y avait probablement aucun survivant. Des images, des sons, des sensations, me secouèrent aussitôt. J'entendais des cris dans la carlingue, des prières, des supplications. Je voyais des gens arracher leur ceinture, d'autres en titubant tentaient de rejoindre l'allée centrale, se cognant aux fauteuils. Des sacs volaient dans un désordre de pente abrupte et d'avalanche. On aurait dit des tracts de guerre. Il y avait tellement de rires hystériques, de clameurs, que j'entendis à peine le chant étrange d'une femme qui me semblait familier. Une berceuse. Entendue je ne savais où ni quand. La femme chantait à la fois pour elle et pour quelqu'un qu'elle aimait. Pour se rassurer ? Ou parce que la folie ramène à l'enfance ? La rue, sous ma fenêtre, avait cessé de vivre. Ce temps étrange où l'extraordinaire surgit et choque une vie ne dura que quelques secondes. A nouveau, j'entendais les bruits familiers de mon quartier.

Je me disais « C'est impossible ». Il n'y avait pas eu qu'un seul avion en provenance de Bogota en direction de Paris, cette nuit-là ! Pour confirmer l'impensable, je voyais une escouade de gros porteurs arriver dans le ciel. Tout autour les sandales rouges de ma mère. Démultipliées. Elles frôlaient le dos des avions comme les rémoras sur celui des requins. Les monstres d'acier fonçaient sur moi. Je me protégeais la tête de mes deux mains, laissant s'échapper sur le carrelage ma théière préférée. Celle qu'ils m'avaient ramenée de Chine l'année précédente. Et puis, plus rien. Le ciel, la rue, bruissaient à nouveau. Tout redevenait normal. Mais rien ne l'était plus. Je le savais déjà, jamais plus je ne me pencherai à la fenêtre pour guetter leur taxi. Je ne leur demanderai plus de ramener dans ma chambre de jeune fille les cadeaux insolites qui encombraient leur bras à la sortie de l'ascenseur. Je n'entendrai plus le murmure et les regrets de mon père : « Garde au moins ce collier… ».

Je m'accordai un sursis. Je fermai la fenêtre. Doucement. Une évidence intolérable imposait le calme. Baissant les yeux, je vis la peau nue de ma cheville entaillée par un éclat de porcelaine. Alors, je me mis à pleurer.

*   *
*

Au mois de septembre, je décidai d'arrêter mes études. Il y avait à présent une dissonance entre ma vie toute tracée et la réalité.

Après l'accident, je réclamai, honteuse, le paiement de l'assurance-vie au nom si étrange. C'était davantage un devoir filial qu'une nécessité. Je songeais aux cheveux blancs de mon père, encore fournis et doux, à son visage plein d'amour penché sur un contrat qu'il signait dans l'éventualité du pire auquel à ce moment-là il ne croyait pas. Je touchais à peine à l'argent du malheur. Je grignotais, payais quelques factures, faisant réellement le vide autour de moi comme le font tous les affligés obstinés.

A Noël, je restai seule. Invisible derrière ma vitre embuée. L'appartement était d'un calme angélique, ma douleur infernale.

Au printemps, j'ai relevé une annonce à la boulangerie. La grande parfumerie du quartier recherchait une vendeuse qualifiée. Je ne l'étais pas. Je me suis présentée après avoir sacrifié toute la longueur de mes cheveux tant de fois caressés par ma mère. J'avais essayé de me souvenir si sa main s'était attardée de manière plus singulière, si son geste avait été plus lent que d'habitude, plus songeur, avant son départ en Colombie. Mais je ne trouvais aucun signe de prémonition. Et maintenant, les cheveux qu'elle avait bénis avaient été balayés avec d'autres sur le sol, fatras de couleurs, de textures étrangères, versés dans la poubelle d'un salon de coiffure.

Je n'ai pas compris pourquoi la responsable de la parfumerie m'a choisie. Était-ce cette coupe de cheveux à la Jean Seberg ? Je ne mentionnai ni mes diplômes, ni la catastrophe. Me fondre dans la normalité semblait aussi nécessaire que boire et manger si je voulais survivre.

*   *

*

La première fête des mères fut un calvaire. Je ne sais pas comment j'ai servi les clients jusqu'à la fête des pères sans m'effondrer. Les enfants, surtout, m'empoignaient le cœur.

Et puis un soir, au moment de la fermeture, un jeune homme accourut. Je redoutais à cette époque le retour du soir à l'appartement. Le 16 Juillet approchait. Avec le double anniversaire de la vie et de la mort. L'homme était beau, le gris limpide de sa chemise assorti à ses yeux. Il était arrivé, essoufflé devant le rayon des parfums, s'excusant, et maintenant il avait cet air déconcerté des enfants devant le choix trop immense au rayon des jouets.

Je pensais la joie reléguée pour toujours. Mais, je ressentis d'emblée une bouffée de gaieté. Ce jeune homme me prenait au dépourvu. D'autant plus que ses chaussures craquaient. Et qu'elles étaient rouges. Il suivit mon regard jusqu'à ses pieds. Je viens de les acheter et je les ai gardées, me dit-il, je les ai trouvées… craquantes ! Nous avons éclaté de rire ensemble. C'était comme si tout à coup il m'avait lancée en l'air dans une figure de rock acrobatique. Et que ma mère nous regardait pieds nus dans le sable. Balançant du bout de ses doigts fins ses sandales rouges, ses chaussures préférées. La responsable du magasin s'en alla, me confiant les clefs.

Nous étions seuls à présent. Il désirait un parfum pour l'anniversaire de sa sœur. Je lui suggérai « Poison » de chez Dior en harmonie avec le signe des Gémeaux. Il me regarda, ahuri, puis, à nouveau, nous partîmes dans un fou-rire. Il douta ensuite que sa sœur ait autant d'humour. Quand il sentit la fragrance, il trouva qu'elle manquait de tendresse. Finalement, après avoir bien imbibé mes poignets, dessus, dessous, de plusieurs senteurs, mes mains que je lui tendais, il opta pour celles des fleurs de Kenzo. Je me retirai dans le réduit derrière le comptoir. J'emballais le cadeau, le cœur battant. J'avais l'étrange sensation de me réveiller d'un sommeil d'une année, j'entendais les chaussures rouges craquer derrière moi, le jeune homme devait s'impatienter. Ou bien le cuir neuf lui faisait mal.

Quelques minutes plus tard, je lui présentais le Kenzo dans un petit sac blanc orné d'un coquelicot. Il avait les mains cachées dans le dos. Echange ! me dit-il, me tendant une boîte qui contenait un flacon de Guerlain. Je crus qu'il avait changé d'avis, qu'il voulait celui-là finalement pour sa sœur. Je n'étais même pas exaspérée, mon enfant. Prête à défaire, à refaire le paquet. J'allais dénouer les rubans, il posa sa main sur la mienne. Non ! C'est pour vous ! Le parfum s'appelait «Chamade». Il avait entendu mon cœur. Mon anniversaire approchait, j'ai accepté le présent, surprise par mon audace. Quand le cadeau est passé de sa main à la mienne, j'ai senti qu'il me glissait en même temps une carte de visite avec un numéro de téléphone, sans l'inscription d'aucune adresse. Son prénom était celui d'un archange. Sur le moment je n'y ai pas fait attention, bouleversée par son regard et la sensation électrique que m'avait procurée le contact de sa peau. Je te caresse la joue, mon enfant, en te racontant cela. Tu souris dans ton sommeil. Tu souris aux anges, je songe à ma mère, ta grand-mère, si elle te voyait. Mais peut-être qu'elle est là près de toi.

Le jeune homme s'en alla, balançant les fleurs de Kenzo le long de sa veste fluide tandis qu'il me faisait remarquer par une mimique que la couleur s'accordait à ses chaussures. Qui craquaient toujours. En fermant la boutique, je riais encore et cette nuit là, je fis un rêve.

*   *

*

Je me trouvais dans la maison en Normandie. Fermée depuis le drame. Je n'avais plus envie d'y revenir. Mais dans les rêves, toutes les contradictions sont possibles. Et peut-être même souhaitables. J'essayais en vain d'allumer du feu dans la cheminée au manteau de bois. Soudain, dans la bibliothèque intégrée, à droite d'un montant ciré, j'aperçus une souris disparaître entre les livres. Prise de frénésie, j'arrachais les volumes par poignées, ils étaient beaux et nombreux. Tous les livres de Virginia Woolf et ceux de Stefan Zweig tombaient avec d'autres sur la tomette. Traquer une souris ne méritait pas ce sacrilège mais je rêvais que j'étais incontrôlable et je l'étais. Une fois les étagères dévastées, je découvris qu'elles dissimulaient un panneau ayant la forme d'une porte. Aucun système d'ouverture n'était visible à part la serrure ancienne. Trop exiguë pour le passage d'une souris. Alors, j'arrachais les étagères. Je suis petite, très menue, tu n'en n'as encore conscience, mon enfant mais c'est la vérité. Je savais dans mon rêve qu'il m'était impossible d'avoir autant de force et pourtant d'un coup d'épaule j'enfonçais la porte. Je suis tombée en avant sur un petit palier, la porte cognant contre un mur, faisant vibrer l'imposte vitré d'une autre porte, double, qui lui faisait face. Il en irradiait une lumière blanche. Le palier, entre cette porte et celle que je venais d'anéantir, ne comportait aucune autre ouverture. Le plancher brillait et même dans la pénombre il m'apparut que quelqu'un prenait soin de l'endroit. C'était une idée saugrenue mais pas plus que celle d'imaginer la souris y faisant régulièrement le ménage. D'ailleurs, en scrutant ce drôle de palier, je ne trouvais aucun trou dans les boiseries. Aucune autre odeur que celle de la cire. Avec la sensation d'un air si frais qu'il était aussi improbable que cette porte derrière la porte. L'endroit évoquait le sas d'un couvent. La faible lueur qui parvenait des impostes me donnait à la fois des frissons et de l'espérance. Sur cette porte-là, une poignée ovale en porcelaine blanche rayonnait comme une perle de mer. J'avais peur de la toucher, de me brûler, je m'attendais à une résistance. Et pourtant. Le battant s'ouvrit sans effort, le pêne animé de la douceur du velours. Tout s'était mis en place pour apaiser ma furie. Je n'ai donc pas crié, découvrant que derrière cette porte se trouvait, exactement aux mêmes dimensions, la réplique du palier précédent. Et de la porte que je venais d'ouvrir.

Avec, pour seule différence, deux hublots de chaque côté du palier. La nouvelle porte semblait le reflet de l'autre avec ses vitres opaques illuminées par une lueur de l'autre côté. A ce stade de ma découverte, je pris le parti d'en rire. J'interpellais la souris invisible. Est-ce que je ne vivais pas une version onirique d'un conte à dormir debout ? Du rire aux larmes, il n'y a souvent qu'un ruisseau tapissé de galets, j'ai glissé sur l'un d'eux et c'est en pleurant que j'ai ouvert cette troisième porte. Un palier d'un mètre sur deux, le parquet étincelant, deux hublots, une porte à deux battants, dont la partie supérieure était occultée par des vitrages évanescents, une atmosphère vaticane, un silence aérien tellement pur que j'eus la sensation d'intégrer chaque parcelle oxygénée de mon corps, voilà ce que je découvris.

D'enfilades en enfilades, je suis arrivée devant une ouverture béante, déchirée sur son pourtour comme si un monstre lui avait arraché la tête. Tu vois, mon enfant, je préfère te raconter ce rêve pendant que tu dors. Je me suis approchée de l'ouverture. La mer étale clapotait sous un ponton tranquille, tel qu'il en tremble sur la Tamise. Je me suis retournée, embrassant d'un regard la vision des portes ouvertes, de l'allée centrale que formaient les paliers successifs, enivrée par la lumière des hublots enchâssés, tels des bijoux dans les murs latéraux, aspirant l'air et l'eau de mes yeux. Je me suis retournée à nouveau vers l'eau qui clapotait. Il n'y avait qu'un pas à faire. Sauter et m'engloutir. Une irrépressible attraction. Je savais dans mon rêve que la mer me serait douce et rapide, j'avais déjà les poches remplies de cailloux. Et puis tout a frémi, une chanson s'élevait dans l'air en même temps que je soulevais un pied. Incrédule, j'ai entendu la voix de mon hallucination le 16 juillet 1989, la berceuse de mon enfance. Les paroles avaient changé, elles me suppliaient de ne pas me noyer, de faire demi-tour, de traverser ce qui ressemblait à présent à la carlingue d'un avion. Il fallait, chantait la mélodie que je revienne à mon point de départ, que j'use de ma force pour remettre dans ses gonds la porte secrète. De la refermer, de remonter les étagères. Que les livres, un à un, soient remis à leur place. Les paroles chantaient de m'en aller ensuite. Aucun rongeur minuscule n'avait jamais existé.

* *
*

Je me suis réveillée, j'ai allumé la lampe, mon enfant. Découvrant sur la table de nuit la carte de visite du jeune-homme aux chaussures rouges. La veille, je l'avais longtemps soupesée. Plus légère qu'une plume, elle avait le poids des grandes décisions. J'ai téléphoné, quelques jours plus tard, comme dans un rêve. Le beau jeune homme m'a donné rendez-vous le 16 juillet 1990, à la brasserie au coin de la rue, en face de la parfumerie, après la fermeture. J'étais arrivée en avance, des averses successives ne m'avaient pas découragée de m'asseoir en terrasse. Je l'ai vu arriver, la démarche souple, ample, il frôlait le sol à la manière d'un elfe, les mains derrière le dos. Quand il s'est approché, il m'a semblé voir ses ailes se replier comme on replie un parapluie. Il était chaussé cette fois de tennis blanches immaculées, dernier cri. J'ai pensé qu'il s'exprimait avec ses chaussures, que cela devait avoir pour lui une immense importance. Quand il est arrivé devant le guéridon devant lequel je m'étais installée, il m'a tendu ce qu'il dissimulait derrière son dos, un bouquet de fleurs.

- Bon anniversaire !

J'ai eu conscience de mon attitude ridicule à ce moment là. J'ai enfoui mon visage dans le bouquet comme au cinéma. Une autre stupéfaction m'a envahie. Pour une fois, les fleurs du fleuriste sentaient incroyablement bon. Je ne lui ai pas demandé comment il savait. Je lui ai juste dit « Et si vous faisiez une erreur ? ».

Il a rétorqué qu'il avait une chance sur 365 que ce soit bien le bon jour. Et puis, de toutes façons, cette date serait celle d'un anniversaire, celui de notre premier rendez-vous, alors autant le fêter en avance. Qu'est-ce que le temps ? Il posait la question d'une voix sincère. Une éclaircie de fin d'après-midi tomba alors sur le marbre du guéridon autour duquel nous étions assis maintenant. Je fixai sur son épaule une petite plume blanche tombée du ciel. Elle m'obsédait telle un cil sur la joue d'un ami. J'avais envie de l'enlever. Mais il avait déjà pris mes mains dans les siennes pour m'avouer qu'il n'avait pas de sœur, aucune femme à laquelle offrir un parfum, excepté moi. Un an plus tôt, jour pour jour, je lui étais apparue dans un rêve étrange. Trop alambiqué pour le raconter, dit-il dans un sourire. Il pouvait juste me dire qu'il avait tout déployer afin de me retrouver et, quand il m'avait vue, il m'avait reconnue. Ce n'est pas plus compliqué que cela, ajouta-t-il.

La suite, tu la connais, mon enfant. Tu es la suite. Le cadeau inespéré.

Table

www.ingramcontent.com/pod-product-compliance
Lightning Source LLC
Chambersburg PA
CBHW070651130626
46555CB00006B/2812